TABLEAUX ANCIENS

Peintures des Écoles Primitives

Italiennes et Flamandes

Me Louis LEROY	M. Henri HARO
COMMISSAIRE-PRISEUR	**PEINTRE-EXPERT**
32, place Saint-Georges, 32	14, rue Visconti et rue Bonaparte, 20

1894

CATALOGUE

DES

TABLEAUX ANCIENS

Peintures des Écoles Primitives
Italiennes et Flamandes

Dessins

DONT LA VENTE AURA LIEU

HOTEL DROUOT, SALLE N° 11
Le Samedi 7 Avril 1894

A TROIS HEURES

EXPOSITION PUBLIQUE : **Le Vendredi 6 Avril 1894**

d'une heure et demie à cinq heures et demie

M° Louis LEROY	**M. Henri HARO**
COMMISSAIRE-PRISEUR	PEINTRE-EXPERT
32, place Saint-Georges, 32	14, rue Visconti et rue Bonaparte, 20

1894

CE CATALOGUE SE DISTRIBUE

A PARIS, CHEZ :

<table>
<tr><td>Me Louis LEROY
COMMISSAIRE-PRISEUR
32, place Saint-Georges, 32</td><td>M. Henri HARO
PEINTRE-EXPERT
14, rue Visconti et rue Bonaparte, 20</td></tr>
</table>

CONDITIONS DE LA VENTE

Elle sera faite au comptant.

Les acquéreurs payeront *cinq pour cent* en plus du prix d'adjudication.

TABLEAUX

BERCHEM

(Attribué à)

1 — La Rentrée des Bestiaux.

B. — H., 0^m,42. L., 0^m,51.

BERGEN

2 — Les Chasseurs.

T. — H., 0^m,73. L., 0^m,61.

BOTH (Jean — *dit* Both d'Italie)

3 — Le Passage du Ruisseau ; vue prise en Italie.

A droite, sur la lisière d'une forêt, de grands arbres se détachent sur un ciel empourpré par le soleil couchant. Au premier plan, des voyageurs traversent un ruisseau, deux sont montés sur une mule, d'autres ont quitté une partie de leurs vêtements ; dans le fond, la campagne ; au loin, des montagnes inondées de lumière.

Mentionné dans le Catalogue raisonné de Smith.

T. — H., 0^m,68. L., 0^m,87.

BOUCHER

(École de)

4 — Flore et Zéphire.

Ancien panneau de voiture.

B. — H., 0ᵐ,58. L., 0ᵐ,53.

BREYDEL (Le Chevalier)

(Attribué à)

5 — Bataille des Turcs contre les Impériaux.

T. — H., 0ᵐ,34. L., 0ᵐ,45.

BREYDEL (Le Chevalier)

(Attribué à)

6 — Pendant du précédent.

T. — H., 0ᵐ,34. L., 0ᵐ,45.

COURTOIS (Jacques) *dit* LE BOURGUIGNON

7 — Combat de Cavalerie.

T. — H., 0ᵐ,33. L., 0ᵐ,51.

COXIE (Michel)

(École de)

8 — Le Jugement de Salomon.

B. — H., 0^m,85. L., 1^m,17.

DEMARNE

9 — L'Auberge.

B. — H., 0^m,20. L., 0^m,27.

DUMONT (*dit* LE ROMAIN)

10 — Lyncus veut assassiner Triptolème, Cérès
l'arrête et le change en lynx.

Composition gravée par J. Danzel.

T. — H., 0^m,71. L., 0^m,91.

GOYEN (Van)

(Attribué à)

11 — Le Tertre.

B. — H., 0^m,34. L., 0^m,45.

KAREL DU JARDIN

12 — Le Passage du Gué.

T. — H., 0ᵐ,62. L., 0ᵐ,56.

LIPPI (Filippo)

(Attribué à)

13 — Glorification de la Vierge et de l'Enfant Jésus.

B. — H., 0ᵐ,94. L., 0ᵐ,72.

LOO (Van)

14 — La Musique.

T. — H., 0ᵐ,53. L., 0ᵐ,79.

MEMLING

(École de)

15 — Pieta.

B. — H., 0ᵐ,57. L., 0,ᵐ38.

MIERIS

16 — Intérieur hollandais.

B. — H., 0^m,51. L., 0^m,67.

MIERIS

(Attribué à)

17 — Portrait de Jeune Femme.

B. — H., 0^m,22. L., 0^m,17.

OSTADE (Van)

(Attribué à)

18 — Les Villageois.

T. — H., 0^m,28. L., 0^m,36.

OSTADE (Van)

(École de)

19 — Le Charlatan.

B. — H., 0^m,40. L., 0^m,33.

RUBENS

(École de)

20 — Le Jardin d'Amour.

C. — H., 0^m,70. L., 0^m,88.

TÉNIERS

(École de)

21 — La Danse villageoise.

B. — H., 0^m,52. L., 0^m,72.

22 — La Kermesse.

Pendant du précédent.

B. — H., 0^m,52. L., 0^m,72.

VINCI (Léonard de)

(École de)

23 — La Joconde.

Copie ancienne.

B. — H., 0^m,69. L., 0^m,54.

ÉCOLE FLAMANDE PRIMITIVE

24 — L'Enfant Jésus adoré par la Vierge, saint
Joseph et les Anges.

B. — H., 0^m,88. L., 0^m,71.

ÉCOLE FLAMANDE

25 — Paysage avec figures et animaux.

T. — H., 0^m,91. L., 1^m,15.

26 — Le Calvaire.

B. — H., 0^m,54. L., 0^m,40.

ÉCOLE FRANÇAISE

27 — Portrait d'Homme ; époque Louis XV.

Forme ovale.

T. — H., 0^m,56. L., 0^m,47.

28 — Marine ; sujet chinois.

Camaïeu.

T. — H., 0^m,46. L., 0^m,55.

ÉCOLE FRANÇAISE

29 — La Chasse.

Pendant du précédent.
Camaïeu.

T. — H., 0^m,46. L., 0^m,55.

ÉCOLE ITALIENNE

30 — Histoire de saint Antoine.

18 compositions et 5 médaillons.
Dessus d'autel divisé en cinq compartiments et un soubassement dans des encadrements de style gothique.

31 — La Vierge allaitant l'Enfant Jésus.

B. — H., 0^m,65. L., 0^m,53.

32 — Cléopâtre.

B. — H., 0^m,51. L., 0^m,59.

33 — La Vierge tenant dans ses bras l'Enfant Jésus endormi.

B. — H., 0^m,53. L., 0^m,39.

ÉCOLE ITALIENNE

34 — Jésus et la Samaritaine.

B. — H., 0m,40. L., 0m,32.

35 — L'Annonciation.

Peinture sur agate.

H., 0,32. L., 0,31.

— 43 — Divers tableaux non catalogués

École de Tiepolo
École française – La Chasse
Paysage école moderne
Portrait d'homme do
attribué à Horace Vernet. L'Enlèvement
Do à Greuze. Tête de jeune fille
tableau de genre prix
Do École de Greuze
École de Prudhon
Amazone
Tableau russe (nombreux petits personnages dans
des cases divisant le tableau

DESSINS

MALLET

(Attribué à)

1036 — Le Coffret.

Dessin rehaussé d'aquarelle.

MEYER (Mlle)

(Attribué à)

1037 — L'Amour et la Folie.

Dessin au crayon noir rehaussé de blanc.

WATTEAU

(Attribué à)

1038 — Femme couchée.

Dessin à la sanguine et au crayon noir.

WATTEAU

(École de)

39 — Jeune Femme.

Dessin au crayon noir et à la sanguine.

ÉCOLE FRANÇAISE

40 — Circé.

Pastel.

41 — Jeune Femme.

Dessin au crayon noir rehaussé de blanc.

42 — Sanguine.

43 — Sous ce numéro seront vendus les tableaux et dessins non catalogués

16036. — Librairies-Imprimeries réunies, rue Mignon, 2, Paris.